U0109017

樂中國系列

高山流水

【德】昆特・國斯浩里茲、萬昱汐 繪

劉雪楓 著

中華教育

大約在二千三百年前的春秋時代，
有一位楚國出生的音樂家在晉國做外交官，
他就是被譽為「琴仙」的伯牙。
有趣的是，他不喜歡彈琴給達官貴人聽，而喜歡與動物交流。

伯牙曾經給為國王駕車的馬匹彈琴，

那六匹馬聽得如醉如痴，連草料都忘了吃。

伯牙經常拜訪其他諸侯國家，
隨身都要帶上傳說是上古時代伏羲氏製作的瑤琴。
有一年，伯牙出使楚國，途經漢陽江口，
遇到風浪，只好避停在一座小山下。

那天正值中秋，晚上風平浪靜，雲開月出。
伯牙琴興大發，將瑤琴取出，彈奏起來。

伯牙觸景生情，心潮激盪，一曲又一曲地彈下去。
突然他像受到驚嚇，「啪」的一聲，一根琴弦斷了，
他猛一抬頭，看到一個人站在岸邊。
這位樵夫裝扮的人趕緊大聲說：「對不起，驚擾了您。我只是一個砍柴的，
回家路上聽到美妙的琴聲，不由得聽呆了。」

伯牙心想：一個砍柴的樵夫，怎麼會聽懂我的琴聲呢？

於是他問道：「那請你說說看，我彈的是一首甚麼曲子？」

樵夫施禮之後笑答：「先生，您剛才彈的是孔子讚歎弟子顏回的曲子，

可惜您彈到第四句的時候，琴弦斷了。」

伯牙不禁驚喜萬分，趕忙站起身來邀請他上船細談。

樵夫名叫鍾子期，是一位歸隱的讀書人。
他精通音律，琴藝高超，久仰伯牙「琴仙」的盛名，
不曾想在這個月圓之夜萍水相逢。
喝過幾杯酒之後，伯牙興致更高，開始彈起自己的得意之作。

當伯牙想像自己登上高山大峯、胸襟鼓盪時，
他便奏出高亢雄奇的琴聲。
鍾子期高聲讚道：「好壯麗！那巍峨而莊重的高山，
好像就在我的眼前！」

伯牙內心奔淌着澎湃的波濤，腦中浮現隨流水常進不懈的志向。

鍾子期連連點頭道：「妙啊！那滾滾的流水，

如無邊的江海一般寬廣浩蕩，滔滔不絕！」

伯牙感動地放下琴，長歎道：「你如此理解我彈琴時所想像的意境，

我的琴聲無論如何也逃不過你的耳朵！

人生遇有子期兄這樣的知音，還有甚麼不滿足呢？」

於是，他給鍾子期講述從前學琴的經歷和

創作「高山」「流水」琴曲的故事。

伯牙的琴藝老師是成連先生。

三年不到伯牙就學會各種操琴技巧，

但他對音樂的理解總是流於表面，

少了高貴的氣質和雅致的神韻，也不能引起聽者共鳴。

有一天，成連先生對伯牙說：

「我有一位老師住在蓬萊東海，他有一種『激發情感』的方法，

可以改變你的琴藝進境。」

師徒二人乘船到蓬萊後，卻不見人的蹤跡。

成連先生說：「你先在這裏練琴，我去找老師。」

在成連先生離開的十幾天裏，伯牙練琴之餘，舉目四望。

面對浩瀚大海，傾聽濤聲澎湃。

回望島上山林，鬱鬱葱葱，深遠莫測，耳邊不時傳來羣鳥啁啾翱翔的聲響。

日復一日，伯牙在島上的所見所聞，匯成各種奇特不一的聲音，

它們形成音樂的激流，讓他感到心曠神怡，浮想聯翩。

他有巨大的衝動要把自己的心靈感悟用琴聲表現出來。

他在琴上彈奏得渾然忘我，竟不覺時光流逝，日夜更替。

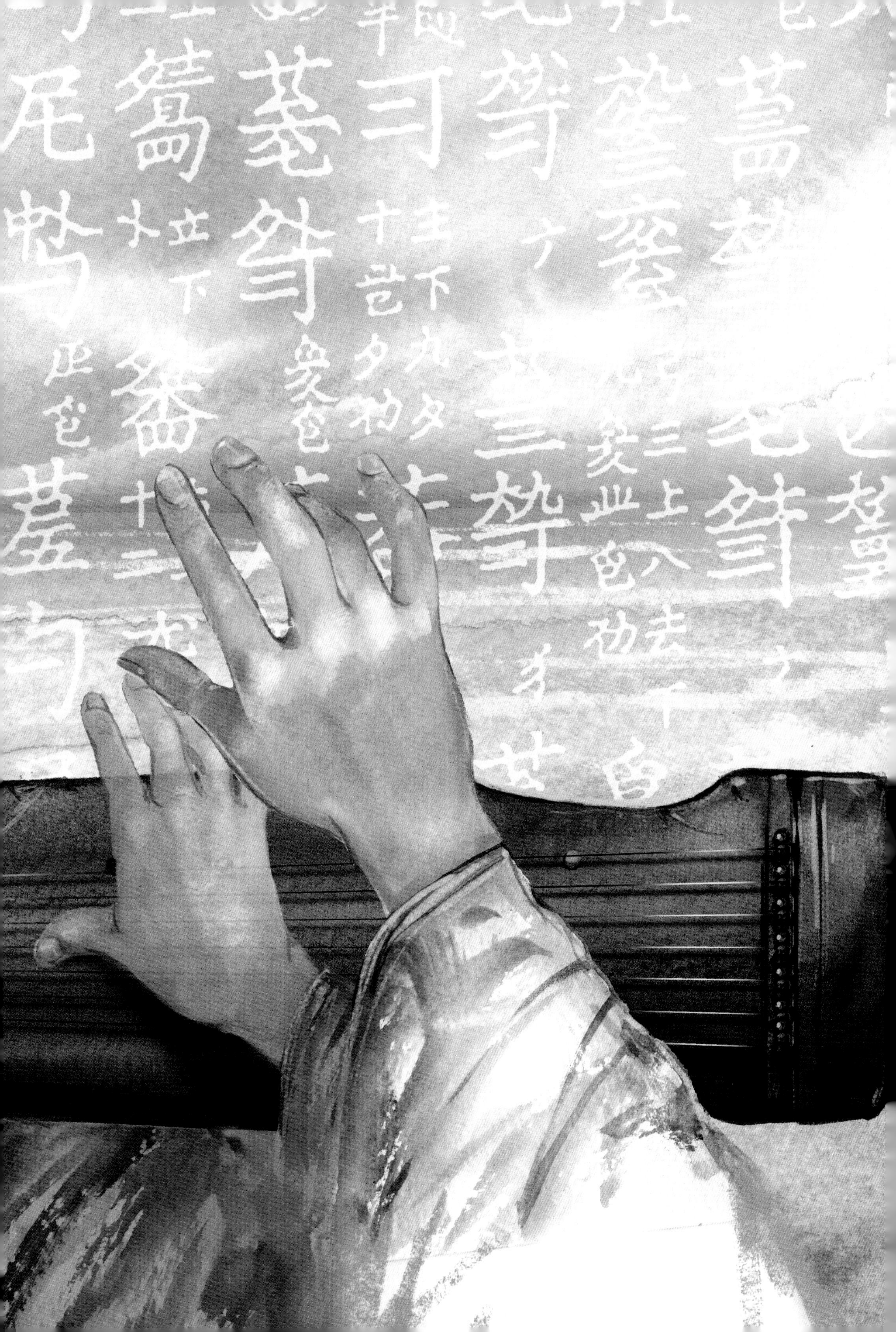

聽罷伯牙講述的故事，

鍾子期不由感歎道：「怪不得伯牙兄能夠成為當今世上最出色的琴師，

因為自然的景色和聲音才是你最好的老師。」

兩位「知音」相見恨晚，約定來年中秋月圓之時再到這裏相會。

終於等到第二年中秋，伯牙如約來到漢陽江口。

月兒初升之時，伯牙開始彈「高山」「流水」。

可是月兒已經升得很高了，仍不見人來。

伯牙向一位路人打聽鍾子期的下落，

路人告訴他，鍾子期幾天前不幸染病去世。

他臨終留下遺言，要把自己的墳墓修在江邊，

只為等八月十五月圓之時，聽伯牙再為他彈琴。

伯牙如雷擊頂。

他坐在鍾子期墓前，萬分悽楚地為知音彈起「高山」「流水」。

一曲彈罷，他挑斷全部琴弦，長嘯一聲，把心愛的瑤琴摔個粉碎。

他悲傷地説：「我唯一的知音已不在人世，這琴還能彈給誰聽呢？」

伯牙和鍾子期的「知音」故事相傳千年，感動世間。

不知從哪個朝代開始，在伯牙和鍾子期相遇的漢陽龜山尾、月湖畔，

築起一座古琴台，供世人絡繹憑弔。

人們也開始用「知音」來形容朋友之間

相識、相知、相濡以沫的高貴情誼。

高山流水覓知音

人民音樂出版社編審、中國民族管弦樂學會常務理事、中國戲曲音樂學會副祕書長　張輝

「高山流水覓知音」是一個流傳久遠的故事，其中的「高山流水」「伯牙絕弦」等成語，都出自《列子・湯問》，比喻知己或知音。

古時，有個名叫伯牙的音樂家，非常擅長演奏古琴，他的演奏技術十分高超，能用音樂描繪大自然的風光和自己的所思所想，讓人們隨着他的音樂，想像出他所要表現的景象。荀況在《勸學》文中形容伯牙的演奏時說：「昔者瓠巴鼓瑟，而流魚出聽；伯牙鼓琴，而六馬仰秣。」用誇張的手法言其音樂演奏的生動美妙。而鍾子期雖然只是一個居住在鄉村、頭戴斗笠、身披蓑衣、肩背衝擔、手拿板斧、以砍柴為生的樵夫，但卻非常會欣賞音樂，每當伯牙演奏古琴時他都會駐足聆聽。一次，伯牙演奏了一首描寫高山的樂曲，鍾子期邊聽邊自言自語道：「善哉，峨峨兮若泰山！」意思就是說：「太棒了，我彷彿看見一座巍峨峻拔的泰山屹立在我眼前！」伯牙聽到後很是驚詫：「在這山野之中，還能有人聽懂我的音樂裏表達的意境？」於是又彈奏了一首描寫河湖的樂曲，鍾子期又自言自語說：「善哉，洋洋兮若江河！」意思是說：「真好啊，我彷彿看見了奔騰不息的江河！」伯牙心想，我所要表達的意思，鍾子期一聽就能說出他聽後的感覺，而且與我要表現的一拍即合，他了解我的想法，了解我的音樂，真的是我的「知音」啊！後來，鍾子期去世了，消息傳到伯牙那裏，伯牙悲痛不已，淚如雨下：「今日知音逝去，有誰還能理解我的音樂啊！」隨後，他舉起琴案上的古琴，扯斷琴弦，憤而將琴摔碎，從此不再彈琴。在鍾子期墓前，伯牙曾經寫下了一首短歌，來悼念自己的知音鍾子期：「憶昔去年春，江邊曾會君。今日重來訪，不見知音人。但見一抔土，慘然傷我心！傷心傷心復傷心，不忍淚珠紛。來歡去何苦，江畔起愁雲。此曲終兮不復

彈，三尺瑤琴為君死！」這就是「知音」一詞的由來，而伯牙與鍾子期也成為一對千古傳誦的至交典範。

明朝馮夢龍的《警世通言》開卷第一篇即是《俞伯牙摔琴謝知音》。在這篇小說中，伯牙被馮夢龍演繹成了樂官俞伯牙，鍾子期成了漢陽的樵夫，上古的一小段百十來字的典故此時完全變成了人物、地點、情節樣樣俱全的話本小説。也是後世將「伯牙」稱為「俞伯牙」的緣故。

《高山流水》和伯牙、鍾子期這一段千古佳話，之所以能在兩千多年裏廣為流傳，是因為這其中包含了深厚的中華文化底蘊。中國古代「天人合一」「物我兩忘」的文化精神在這段佳話中得到充分的體現。明朝朱權的《神奇祕譜》對此做了精當的詮釋：「《高山》《流水》二曲，本只一曲。初志在乎高山，言仁者樂山之意。後志在乎流水，言智者樂水之意。」仁者樂山，智者樂水，《高山流水》蘊涵天地之浩遠、山水之靈韻，誠可謂中國古樂主題表現的最高境界。然而，伯牙的《高山流水》琴曲並沒有流傳於世，後人無從領略伯牙所彈之曲的絕妙之處。所以，後人雖不斷傳頌《高山流水》的故事，完全是「心嚮往之」，對音樂並無切身體會。這個佳話得以流傳的最直接的原因，是伯牙與鍾子期之間那種相知相交的知音之情。當知音已杳，伯牙毅然斷弦絕音。岳飛在《小重山》一詞中「知音少，弦斷有誰聽」，正是伯牙當時心境的準確反映。伯牙的絕琴明志，一者作為對亡友的紀念，再者為自己的絕學在當世再也無人能洞悉領會，而表現出深深的苦悶和無奈。想那伯牙也必是恃才傲物、卓爾不羣之人，他的琴曲曲高和寡，凡夫俗子自然難以領會其樂曲的精妙。所以伯牙才會感到孤獨，才會發出知音難覓的感慨。

　　《高山流水》之所以能被春秋戰國的諸子典籍多次記錄轉載，是與當時「士文化」的背景分不開的。先秦時代百家爭鳴，人才鼎盛。很多士人國家觀念淡薄，並不忠於所在的諸侯國。這些恃才之士在各國間流動頻繁，他們莫不企盼明主知遇。他們希望能遇見像知音一般理解自己的諸侯王公，從而一展胸中所學。這幾乎是幾千年來所有讀書人的夢想。然而能達到此目標的畢竟是少數。更多的人一生懷才不遇而汲汲無名，有的或隱身市井，有的則終老山林。由此可見，《高山流水》在先秦時代就廣為流傳，皆因是這個故事背後的寓意是人生遇合的美妙，以及人生不遇的缺憾。

《高山流水》古曲賞析

人民音樂出版社編審、中國民族管弦樂學會常務理事、中國戲曲音樂學會副祕書長　**張輝**

　　《高山流水》作為中華民族歷史上最著名的一則「以琴會心，以心交友」的典故，向大家展示了一幅演奏者與欣賞者內心交流的美麗畫卷。當然，有人會問：「為甚麼伯牙要給鍾子期彈奏《高山流水》，而不彈奏別的樂曲呢？」其實這恰恰反映了二人的高明之處。高山與流水，恰好代表了自然界中靜與動的兩種狀態。如果伯牙不能把高山和流水的鮮明特點在琴聲中表現出來，那麼任由鍾子期有多高的音樂鑒賞力，對於模糊的音樂形象也是一團霧水。相反，假如鍾子期的知識層次不高，聯想與鑒別能力不強，則任憑伯牙技巧高超，彈奏精妙，也無法讓自己的彈奏深入人心，使人理解。

　　高山，昂揚屹立，雄渾厚重，剛健深沉，蒼勁穩重，其演奏中的一彈一撥，一抹一滑，都透出了「穩如泰山，堅如磐石」的風骨。

　　流水，飛動飄逸，奔放活潑，柔美瀟灑，肆意逍遙，其演奏中的指撥指點，指顫指柔，無不顯露出或蜻蜓點水的輕巧，或湍急澎湃的激情。至十九世紀，四川道士張孔山在演奏中又加入滾、拂手法，更顯其「飛流直下三千尺」的壯闊。

　　明清以來多種琴譜中以清朝唐彝銘所編《天聞閣琴譜》（1876年）中所收川派琴家張孔山改編的《流水》尤有特色，增加了以「滾、拂、綽、注」手法作流水聲的第六段，又稱「七十二滾拂流水」，以其形象鮮明，情景交融而廣為流傳。據琴家考證，在《天聞閣琴譜》問世以前，所有琴譜中的《流水》都沒有張孔山演奏的第六段，全曲只八段，與《神奇祕

譜》解題所說相符,但張孔山的傳譜已增為九段,後琴家多據此譜演奏。

《高山流水》最早本來是一首樂曲, 唐朝時有人將其分為《高山》和《流水》兩首獨立的樂曲,兩曲均不分段數。直到宋朝,隨着不斷地演繹、豐富,有人又將《高山》分為四個段落,將《流水》分為八個段落。這樣,原本的一首樂曲,被後人不斷地發展、變化、完善,最終成為了兩首多段體的古琴名曲,直至近代琴家侯作吾將《天聞閣琴譜》中的《高山》《流水》二曲糅合成一曲而聞名古琴界。

《流水》充分運用「泛音、滾、拂、綽、注、上、下」等指法,描繪了流水的各種動態,抒發了志在流水,智者樂水之意。

第一段:引子部分。旋律在寬廣音域內不斷跳躍和變換音區,虛微的移指換相間,旋律時隱時現。猶見高山之巔,雲霧繚繞,飄忽無定。

第二、三段:清澈的泛音,活潑的節奏,猶如「淙淙錚錚,幽間之寒流;清清冷冷,松根之細流」。息心靜聽,愉悅之情油然而生。第三段是第二段的移高八度重複,它省略了第二段的尾部。

第四、五段:如歌的旋律,「其韻揚揚悠悠,儼若行雲流水」。

第六段：先是跌宕起伏的旋律，大幅度的上、下滑音。接着連續的「猛滾、慢拂」做流水聲，並在其上方又奏出一個遞升遞降的音調，兩者巧妙的結合，真似「極騰沸澎湃之觀，具蛟龍怒吼之象。息心靜聽，宛然坐危舟過巫峽，目眩神移，驚心動魄，幾疑此身已在羣山奔赴，萬壑爭流之際矣」。（見清刊本《琴學叢書·流水》之後記，1910年）

第七段：在高音區連珠式的泛音羣，先降後升，音勢大減，恰如「輕舟已過，勢就倘佯，時而餘波激石，時而旋洑微漚」。（《琴學叢交·流水》後記）

第八段：變化再現了前面如歌的旋律，並加入了新音樂材料。稍快而有力的琴聲，音樂充滿着熱情。段末流水之聲復起，令人回味。

第九段：頌歌般的旋律由低向上引發，富於激情。段末再次出現第四段中的旋律，最後結束在宮音上。第八、九兩段屬古琴曲結構中的「復起」部分。

尾聲情越的泛音，使人們沉浸於「洋洋乎，誠古調之希聲者乎」的思緒中。

　　該作對自然景物並不流於客觀描繪，而是借景抒情，表現人的一種激揚向上的精神境界。音樂以抒情性曲調為主體，在華麗、新穎的技巧中持守樸實、沉鬱的風格。

　　除了古琴曲外，其他樂器也有許多名為《高山流水》的作品。如箏曲《高山流水》就取材於「伯牙鼓琴遇知音」的典故。流傳最廣、影響最大的則是浙江武林派的傳譜，其旋律典雅、韻味雋永，頗具「高山之巍巍，流水之洋洋」之貌。山東派的《高山流水》是《琴韻》《風擺翠竹》《夜靜鑾鈴》《書韻》四個小曲的聯奏，也稱《四段曲》或《四段錦》。河南派的《高山流水》則是取自於民間《老六板》板頭曲，節奏清新明快，民間藝人常在初次見面時演奏，以示尊敬結交之意。

　　儘管樂曲名稱相同，但這三者與古琴曲《高山流水》之間毫無共同之處，實際上是屬同名異曲。總而言之，不論是哪一種《高山流水》，都是人們對美的追求與嚮往，無論傳承多少年，經過多少變化，《高山流水》始終是流傳在廣袤大地上的經典曲目，也是中華民族音樂文化的瑰寶。

作者介紹

劉雪楓 著

北京大學歷史系畢業，知名音樂評論人。

曾先後擔任《愛樂》雜誌主編，《人民音樂·留聲機》執行主編，生活·讀書·新知三聯書店編輯。

自 1996 年起，先後在《萬科週刊》《中國文化報》《書城》《時尚旅遊》《新旅行》《中國演出秀》等報刊開闢古典音樂專欄。

出版了《貼近浪漫時代》《音樂手冊》《西方音樂史話》等著作。

【德】昆特·國斯浩里茲、萬昱汐 繪

因動畫藝術結緣，近年來開始涉足兒童繪本創作，是定居德國的繪本創作夫妻檔組合。

昆特·國斯浩里茲，德國動畫大師。

德國巴登符騰堡州州立電影學院教授，德國斯圖加特傳媒大學教授。

曾任德國斯圖加特國際動畫電影節評委，德國 WANDMUTO 藝術工作室藝術總監。

作品曾在美國、德國、意大利、荷蘭等國榮獲三十餘項國際大獎。

旅德動畫藝術家萬昱汐是動畫導演／繪本策劃製作、畫家。

他們已出版的主要作品有《萬達姐姐有辦法》《機器動物》系列繪本等。

樂中國系列

高山流水

劉雪楓 / 著　　【德】昆特 · 國斯浩里茲、萬昱汐 / 繪

責任編輯：劉萄諾
裝幀設計：鄧佩儀
排版：鄧佩儀
印務：劉漢舉

出版 | 中華教育
香港北角英皇道 499 號北角工業大廈 1 樓 B 室
電話：(852) 2137 2338 傳真：(852) 2713 8202
電子郵件：info@chunghwabook.com.hk
網址：http://www.chunghwabook.com.hk

發行 | 香港聯合書刊物流有限公司
香港新界荃灣德士古道 220-248 號 荃灣工業中心 16 樓
電話：(852) 2150 2100　傳真：(852) 2407 3062
電子郵件：info@suplogistics.com.hk

印刷 | 美雅印刷製本有限公司
香港觀塘榮業街 6 號海濱工業大廈 4 字樓 A 室

版次 | 2022 年 10 月第 1 版第 1 次印刷
©2022 中華教育

規格 | 16 開（210mm x 285mm）

ISBN | 978-988-8808-47-2